KB237233

오늘의문학사

숨겨놓은 그리움 하나

조묘순 시집

오늘의문학사

마음속에는
가끔 한줌의 바람결이 일렁입니다.
문고리를 달아 잠그지도 못하고
활짝 열어 제치지도 못하고
그 언저리를 맴돌며
서성이는 날이 많았습니다.
질긴 인연인지
오늘 여기까지 왔습니다.

그간 발표했던 시를 손질하여 엮었습니다.
부끄러움에 나설 자신이 없었지만
늘 함께할 텃밭이니
씨앗 뿌리고 김매고 보듬고 가야할 길은
제 몫으로 알고 살겠습니다
쾌청한 가을빛이
설레임으로 다가옵니다.

2011년 가을 미락골에서

제2부 종려나무

제4부 나의 살던 고향은

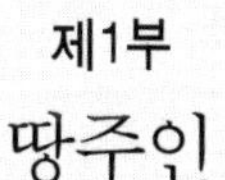

제1부
땅주인

땅주인

낡은 사진첩을 뒤적이다가
젊은 당신을 만났지
위엄을 애물단지로 끼고 살면서
삭정이 나무 한짐 부려놓고
두엄을 퍼 나르던 사람
깡마른 그 몸
새처럼 가는 발목으로
따비밭을 일구어
살림을 늘리던 당신

어느덧 세월에 등 떠밀려
머릿결은 성글고
외손녀 재롱에 맞장구치는
할아버지가 되었구려
아직도 날만 번하면
삽자루 쥐고 밭으로 나서는
어제가 오늘이고 오늘이 내일인
한결같은 땅주인이지

씨앗

내 마음 메말라 갈 때
한봉지의 씨앗을 꺼낸다
풀더미를 파서 흙을 고르고
씨앗을 촘촘히 뿌렸다
희망이라는 씨앗도 함께 심었다

어느 날
산고의 고통을 이겨낸
연한 잎 손내밀 때
가슴팍 응어리는 스르르 녹고
잦은 발걸음은
이파리 숨쉬는 곳을
살피고 또 살피고 있다

포도나무

2월, 바람부는 날
고운 햇살마저 덤이더니
포도밭 이랑마다 새기운 돋는다

거름더미를 들추었더니
곰삭은 냄새가 구수하다
마침 아들이 경운기를 몰고 온다
든든함이 포도밭이랑을
가득 채우고도 남다니
'이것이 행복이지'

포도넝쿨 밑동도 제 팔뚝을 뻗어
아들이 모는 경운기를 바삐 따라간다

농사일기 1

— 참깨농사

모래와 섞어 씨를 뿌리고
솎아주고 김매주니 하늘하늘 자란다
첫 꽃망울 여물어 갈 때
장맛비에 절어 절반은 죽고 절반을 여문다
비둘기 댓마리 참깨밭에 살림을 차리고
안달하며 쫓다 제풀에 나가떨어졌다

참깨를 털어 비닐하우스에 널고
저녁나절 채담으러 갔더니
수많은 개미떼가 머리에 한톨씩이고
긴 장사진을 이루며 행렬을 이룬다
참깨농사 비둘기랑 개미랑 나눠먹었다

농사일기 2

― 개똥참외

곯은 참외를 퇴비장에 던졌더니
비바람에 흘러내려가
도랑에도 싹이 돋고
돌틈에도 싹이 돋고
밭머리에도 싹이 돋았다
개똥밭에 굴러도 질긴 목숨!

농사일기 3

— 포도

자줏빛 과육에 단물 고이면
주인보다 먼저 맛보는 불청객 손님
까치 비둘기 곤줄박이 참새들
봉지를 찢어내고 맛있게 먹어대는
무전취식 요놈들, 요놈들

농사일기 4
— 장마

2003년 여름에는
70여일간 비가 내렸다
늘 비에 젖어 숨통을 조이더니
농산물은 어느 것 하나 실한 것이 없다

개구리 울음에도
철렁 가슴이 내려앉고
먹구름만 떠있어도 초긴장이다
하늘에 눈만 흘겨도 빗물이 되고
삿대질 한번에 봇물이 터지던 날들
장대비를 온몸으로 맞으며
밀린 농사일에 억척을 떨었다

가뭄에 콩나듯 햇살을 볼라치면
시렸던 날들 잊기라도 하듯
서둘러 흰구름 따라 나선다

失農

길고 긴 여름은
손사래로 가라했네
금쪽같은 가을도
등 떠밀며 가라했네
뼛속까지 앓고도
속울음으로
실농에 멍이 들었네

차가운 봄바람에
앞섶 내주고
따가운 햇볕에 그을리면서
까치발돋음하며 일궈낸
내 목숨 같은 포도송이들
자고새면 먼저 눈이 가던
그 인연이 끊어졌을 때
그 쓰라림이야

이제는
찬바람만 휭한 밭에서
의연히 서있는 포도나무를 보며
다시 희망을 품었네

일년이 십년 같은 지난여름
지나고 보니 약이 되었네

가을 태풍

저녁 아홉시 뉴스에서 금년 벼농사는
대풍이라고 소식을 전한다
그것은 떡방아 찧는 소리에 김칫국 찾는 격이다
굳이 말하려거든 곳간을 가득채운 뒤에나 할 말이다

어둔 하늘이 쪼개지며
내리쏟는 폭우에
복장 터지는 사람들
가족을 잃고
집과 가축을 떠내려 보내고
물속에 잠긴 벼이삭을 바라보는
농부들의 에이는 가슴

슬퍼할 겨를도 없는 농부들
손에 침을 탁! 뱉고
힘주어 삽자루 거머쥐었다

가을을 타다

포도나무를 땅에 묻었다
물집이 터져 아리고 쓰리고
정강이가 멍이 들어 성할 날이 없던 날들
포도나무를 자르고 발라 꽁꽁 묶고
삽으로 흙 퍼올리며
참으로 긴 휴식을 꿈꾸었다
눈뜨면 농사일 하고
초저녁부터 곯아떨어지던 생활
다람쥐 쳇바퀴 도는 삶일지라도
기꺼이 흙먼지 마다않던 촌부였다

이제 추수가 끝난 밭을 내려다보며
어린 비비새처럼 울고만 싶은 마음
그 무엇을 향하여 온몸 부서지도록 살았는지
마른 옥수수 빈대궁처럼
가을을 타느라 목이 메인다

가을노래

저기
파란 물감이 풀무질하고
솜털구름이 쉬어가는
하늘 좀 봐!

초가을 밭머리에
개망초꽃 쑥부쟁이 피고지고
방죽의 억새풀 파도는
밀려오고 쓸려가네

인생살이도
이만큼만 하기를
햇살 한자락
곁에 와서 쉬어가네

우리 아가 1

눈에 넣어도 아프지 않을
온 세상을 향기로운 향내로
가득채운 우리아가야

수정같은 눈
옹알이하는 볼우물
방긋방긋 웃을 때도
찡그리는 모습도
사랑스런 아가야

앙앙앙 깨물고 싶어라
엉덩이도 토닥토닥
하얀 솜털같은 아가야
우리아가야

우리 아가 2

이 세상에서
우리 아가만한 꽃이 있으랴
팍팍하고 무딘 일상에
혜성처럼 찾아온 아가야

네살박이 아기 입에서
오몰오몰 쏟아지는 말들은
젖빛이었다가
청솔빛이었다가
가슴 벅차게 솟아나는 샘물이다

우리 아가야
만물이 소생하는 봄날처럼
탱글탱글 웃음소리가 마냥 좋구나
"할머니 은규 결혼식 할 때 꼭 구경오세요"
"할머니 사랑해요 알라뷰"
가족을 웃게 만드는 장난꾸러기
싱그러움을 찾아준 아가야
내 웃음보따리구나

친정어머니 1

어머니를 부르고 나면
가슴속 멍울이 풀어집니다
우리 동네 낮은 산이
어머니의 체취로 서있습니다

평생 동안 호미자루 못 놓으시고
땅만 파던 우리 어머니
개미골 건너밭 새밭이
어머니의 손끝을 기다립니다

동 트기 전 소여물 끓이시고
문빗장 여시던 어머니의 손에서
하루의 일상이 시작되고
하늘이 열립니다

친정어머니 2

찔레꽃이 하얗게 피었다. 그 향기를 맡노라면 내 가슴 맨 밑바닥에 앙금처럼 끈적끈적한 그것이 움돋는 그리움인지 혹여 연민일지라도 내 유년의 아릿한 풍경일 터이다. 그곳에는 무명 저고리에 쪽을 진 참으로 부지런한 당신이 있다. 허기진 자식들 치닥거리로 하루해가 짧은 날들. 이 맘 때면 쑥 뜯느라 오금이 저리도록 들판에 엎드려 살 때 자그마한 몸피는 무쇠솥처럼 달구어졌다. 어느 결에 쑥버무리를 쪄서 댕댕이 소쿠리에 담아 봉당 절구통 위에 얹어 베보자기 덮어 놓고 배고프거든 먹어라 이르고는 광목 앞치마 동여매고 산나물 뜯으러 산으로 오르던 당신. 취나물 고사리 두룹을 뜯느라 온 산을 헤매 돌던 고단한 봄날.

종달새가 수시로 안부를 묻던 산골집과 그 시절 젊었던 어머니가 흑백사진으로 남으셨다.

딸

모래알만큼 많은 인연을 두고
어떻게 나를 찾아 왔는지
손바닥 만한 액자 안에서
웃을 듯 말듯
진분홍색보다 더 고운
딸과 눈을 맞췄지

외딴집에서 태어나
발에다 흙고물 묻히고
걸음마를 떼었고
진흙탕 십리길을 장화신고 입학했지

어느 땐 안쓰럽기만 하고
때론 바라만 보아도
배가 불렀던 나의 분신
강산이 바뀌며 세월이 길러낸 내딸
해질녘이면 딸만 기다리지

눈물바람

포도주를 거르다가
그 빛깔에 취하고
맛보느라 찍어먹은 술에
두 번 세 번 취해버렸네
눈자위는 불이 나고
가슴이 먼저 뜨겁다

내몸 빌어 태어난 내 자식들
치마꼬리 잡고 늘어지더니
그 어느새 커버렸는가
둥지 틀어 떠난 내 자식들

너희 어린 시절이 매양 생각나
가슴 저린 어미는 눈물이 난다
하늘빛이 푸르러도
빨간잠자리 날갯짓에도
그저 그냥 눈물이 난다

동행

처마 끝 빨랫줄에서
참새들 재잘거리는 소리
싸락눈은 댓돌에 쌓여
햇살에 눈 시리다

바깥양반 털신에 묻어있는
지푸라기도 남이 아니니
하늘이 내린 속깊은 정이다

한갓진 툇마루에 앉아
살며시 잡은 손
딴전을 보더라도
지는 꽃이 더 붉다

패랭이꽃 당신

38

살다보면
함박꽃처럼
활짝 웃는 날도
소태같이 쓴 눈물을
뺀 날도 있었지

입에 발린 말로
천생연분이라지

겉으로 유순해도
속으로 파고드는 소갈머리
바늘구멍만한 속 알지?
때론 서운함이 있어도
당신은 내 반쪽 패랭이꽃

둘이서 가는 길

곁에 있으면 있나보다
밖으로 나돌면 그런가 보다
늘 무심하던 나
혼자 집 보는 날
구들장 베고 조각잠 자고
라면 한 봉지 삶아 끼니를 때웠다
마음이 허허로워 채워지지 않는 빈 공간

누군가 말했지
아마도 부부의 인연은
전생 원수의 만남이라지
엄한소리로 상처를 주고
때론 된서리도 맞았지
지지고 볶다 보면
무른밥도 된밥 되는 법이지
오랜 세월 살다보면
휘이휘이 가버린 세월
잘 지탱해 왔으니
용하지, 참용하지!

농부, 내 당신

다른 것은 몰라도
땅은 발자국 임자를 알아보았다
농작물을 매만지고 보듬어 안는
당신은 진짜농부

낫 한자루 삽 한 자루
자루 빠진 호미라도
밤이슬 맞히지 않았다
흙 털어 시렁에 걸고
검정고무신도 아끼던 당신

흙벽돌 찍어 오두막집 짓고
맨발로 땅을 딛고
맨손으로 개간한 땅에
과일나무 심고 자식처럼 키워냈다
삽날이 닳고 괭이날이 닳고
손바닥이 닳아도
신토불이 농부, 내 당신

제2부
종려나무

종려나무

삼백 육십 오일 꽃말이 있다 하네
시월 초닷새날은 종려나무
승리의 날이라네
내가 좋아하는 꽃이름
진달래 개나리도 아닌
이팝나무 조팝나무도 아닌

사막의 오아시스를 지켜주는 대추야자
열매는 식량 줄기는 목재
평생을 자식 위해 땀 흘려 일하시던
어머니와 닮은 일생
표주박으로 물 떠주시던 거친 손등
가슴속 알알이 새겨진 얼굴

요리

나이 육십에 요리를 배우러 다닌다고
지나가던 강아지도 웃겠지만
살기 위해 먹었던 저간의 세월들
미뤄왔던 꿈 이제서 펼쳐보네

가지가지 야채를 볶아 접시에 담고
고명 없으니 맛깔스러워
갓 새댁이 된 마음이 드네
전을 부칠 때 후딱 지져내지 말고
정성들여 꽃잎 놓고 이파리 얹으니
나비가 날아올 듯싶어

이 나이에 요리를 못하면 얼마나 못할까마는
이웃들과 소통을 원해서였지
나이어린 새댁부터 중년주부들
협동하여 음식을 만들고 맛을 보면서
어우러져 또 하나의 맛을 찾았네

노을

설핏 스쳐 지나다가
새댁일 때 모내기 품팔러 다닐 적
만났던 이웃동네 아주머니
"너무 날씬해졌네요"
"당뇨라서 그래요
거기도 젊어선 곱더니 많이 늙어 보이네"
그분은 살이 빠져 횅한 모습
나는 겉늙어버린 모양
서로가 안부를 물으며 손만 잡고 흔들었지

한때는 논배미에 가득 가둔 물처럼
넘실넘실 힘이 넘치던 젊은 시절이 있었건만
세월은 바싹 내 곁에서 노을지네

낮달 1

46

포도가지를 뜯어 내리다가
호되게 얼굴을 맞았다
볼따귀가 얼얼하고 눈물이 쏙 빠졌다
앙갚음을 하느라 똑똑 자르고
질겅질겅 밟았다

분을 삭이고 올려다본 하늘
구름 한 점 없는 광채 앞에
부끄러움이 앞섰다
낮달이 내려다보았을 내 성질머리
가랑이 사이로 얼굴을 묻었다
깊이깊이 숨었다

낮달 2

앞서가는 저 아가씨
고개를 꼿꼿이 세우고
온몸에 뭇시선을 받으며
위풍당당 걸어간다

그렇지
젊음은 그렇게
싱그럽게 울렁이는 초록빛이었지

단내 나도록 바쁜 세월을 보내고
내 몸 조금씩 무너진 후에야
초록빛 싱그러움을 본다

조용히 떠오른 낮달 하나가
뒤뚱거리는 발꿈치를
말없이 따라온다

어느 날 1

가을걷이 하느라 함부로 굴린 몸뚱이는
삭신이 쑤시고 목도 부어서 쉿소리가 난다
어깨의 무게는 천근만근 골은 쏟아져 내린다
밀린 빨래며 설거지 마루 바닥의 먼지 입자들
그냥 놔두고 이불속으로 기어들었다
내 몸뚱이는 땅속 깊은 곳으로 한꺼번에 쓸려갔다

내내 꿈을 꾸었다
서너 뼘의 갈색 뱀이 모여들고
쿵하는 소리에 고개 돌려 쳐다보니 청솔모다
누군가 살쾡이라고 일러주었다
청록색 무밭에서 천주교 수사님이 된 조카와
이야기를 하는데 휴대폰이 울린다
밭머리 뚝방에 있을 전화기를 찾느라 헤맸다

깨어보니 땀이 범벅이다
오후 한시 부재중 2통화

어느 날 2

코스모스 한들거리는 가을
움치고 뛸 새도 없이
속마음을 들켜버렸네
머플러를 목에 휘감고도
갈 곳이 없는 나
끼고 사는 신경통처럼
마음이 심란하네
이 가을날 하고 싶은 말
가을볕이 입 막으라네
피었다 질 일만 남은
나는 어디로 가야하나

자화상 1

춥다고 몸사린 적 없고
덥다고 투정부린 적 없다
농사일 발등에 떨어지면 서둘러 들로 나가
논두렁 밭두렁에서 별보기 했다

굳은살이 촘촘히 박혀도
고추밭 이랑에 엎드려
쇠비름 방동사니 쇠뜨기 뽑았다
지나가는 솔바람 한점에도 족한 마음
누구에게도 내세운 적 없는 나

자화상 2

어느 순간
다 내려놓고 싶은 농사일
땅에 목숨 걸고
어깨 빠지게 일을 하건만
갈수록 어려워지는 농촌 살림살이
손과 발 다 들고 싶다

마음 한쪽은
외면하지 못할 땅과 흙
오뉴월 땡볕에 비지땀을 쏟아도
거북이 등짝이 되더라도
나를 기다리는 농작물들
그 모두가 내 자식들이니

때론 욕심의 노예로 괴롭다
잘라도 떼어내도 새살이 나오듯이
등떠밀어내고도 내가 먼저 손내민다
천년만년 땅 붙들고 씨름할 것같은 마음
그러니 어쩌랴, 어쩌랴

흔적

참 많이도
희고 곱게 살고 싶었다

기분 좋은 마음일 땐
부지런히 일하고
개미처럼 살았으니
이만하면 마음만은 부자다 싶어
마음이 평온하다가
어느 순간에는
진저리치는 순간도 있다
평생을 땅 파먹고 살다보니
좋은날도 궂은날도
땅을 밟고 살았다

봄일 하루에 얼굴엔 불이난다
화끈거리는 얼굴에
크림을 찍어 문지르며 거울을 본다
나이보다 더 들어보이는 여인이
세월이 풀어놓고 간 흔적들을
옹이진 손으로 두드리고 또 두드리고

사월

새벽마다 배가 살살 아프다
병원에선 신경성이라고 대수롭지 않게 여겨
달랑 약봉지 하나 타왔다

유독 신경이 곤두서는 날
병이 들었다는 절망감에 찬물을 뒤집어쓴다
한치 앞도 모르는 사람의 길
정말로 생을 마쳐야 할 순간이 온다면
나 어떻게 할까
더 살기위해 발버둥을 칠까
고주박이가 되어 내려앉을까

탄생은 곱게 했으니
갈 땐 없는 듯이 갈 수는 없는 걸까
그런대로 순탄했던 생
이만큼 지켜온 내 삶이 소중한 오늘
태평양 바다처럼 시야가 넓어진다
초록빛이 참 깊다

광덕산에서 1

54

찬물에 발 담근
버들강아지 눈떴다
개울가로 쏟아지는
봄바람 한 자락에도
몸푸는 산수유 꽃망울들

문빗장 열어놓고
봄을 불러내더니
양지쪽부터 바람 일었다
옥빛 바람이 일었다

봄은 어김없이 달려오고
바람든 나의 마음은
어느 곳에 묻을까
두 눈은 어디에 숨길까

광덕산에서 2

산골짝 자드락길
할 말은 묻어둔 채
가쁜 숨소리만 있다

실바람이 찾아와서
콧방울에 간지럼을 태우며
말을 걸어온다

무심코 고개 드니
흰구름과 청솔나무가
눈이 맞아 부둥켜안고 있다

저녁 무렵

남은 내 삶이
병아리 오줌만큼 남았는지
긴 노루꼬리만큼 인지
병풍에 그린 닭이 울 때까지인지
도무지 알 수가 없네

잘나지도 배우지도 못한 채
녹록치 않은 세상 살아가느라
늘 허둥대며 살던 날들
찌든 땀으로 배어있네
고단한 농사일로 살아가자니
잃은 것 반 얻은 것 반

부모님 살펴드리지 못했고
내리사랑이라는 자식도 낳아 놓고는
흙범벅에 허기지게 키웠네
그맘 때 거의가 가는 유치원도
못 보낸 어미라서 할 말이 없네
구구절절 아쉬움만 남는
내 젊은날의 초상들

이제라도 더 이상 허덕이지 말아야지
떠오르는 아침해도 여유롭게 맞고
서산 넘는 해그늘에 쉬어도 가리라
지긋이 바라볼 눈도 가지리라
딴청 한번 안 보고
허투루 살지 않았으니

신두리 사구에서

58

열이렛날 떠오른 초저녁달은
바닷물에 풍덩 잠기어 잠이 들고
비릿한 해풍만이
내 가슴팍을 훑고 달아났다

속마음 감추려 해도
앞질러 저려오는 아린 밤
소주 한잔에 녹아내려
속으로 웃고 울던 그 바닷가

짝사랑

어쩌면 평생 그리움만 안고
손 놓을지도 모른다
엉킨 실타래가 풀리지 않아
두려워질 때
살포시 문 두드리는 소리
적요를 깨는 실바람에도
신열이 돋고
하늘에 번지는 양털구름에도
일렁이는 파문들

오늘 신문에서
어느 시인의 시를 읽었다
내 시는 시도 아니었다
시를 썼다가 지우고
또 쓰고 지워버린다

내가 연연하는 그 무엇들
붉게 핀 해당화 꽃잎 같고
무너지는 가슴 한쪽
모두를 제자리에 놔둔 채
새김질만 하고 있다

갈증

내 가슴 속
단단히 박혀있는
차돌멩이 하나로 인해
쓰리고 아리다

어쩌다 가뭄 속 단비처럼
시 한 구절 찾아오면
뒤란에서 서성였다

다시 또 엉키는 실타레
풀어내려 애쓰다가
제풀에 지쳐 신음하다가
허공에 헛손질하는 마음

차라리 바람이거나 먼지이거나
여북하면, 여북하면

허기

길을 걷다가
먼 산을 본다

뜬금없이 찾아온
시 한구절에
급히 불을 지핀다

가랑잎에 불붙듯 그 뿐
안타까운 마음을
선웃음으로 감춘다

바람들어가는 무처럼
늘 허기가 진다

걸어 다니는 종합병원

62

앉아 있어도 목이 눌려 아프고
서서 있어도 목이 눌려 아팠지

의사선생님 말씀이
"목디스크군요"
어쩐지 만사가 귀찮더니
그랬었구나!

제몸 돌보지 못한 값을
이제야 받게 되었네
이 병명 저 병명 더 보태져
동무삼아 함께 가자네

어깨동무하고 어울리라네
명치끝이 아려도 함께 가라네

세월

63

아침부터 흩날리는 저 눈발은
비상구를 못 찾고 헤매는 것 같아
아무도 모르게 서성거렸다

질긴 삶의 무게만큼 어금니가 시리던 날
흰머리 한 둘 돋는 친구와 달려간 초평 저수지
물은 얼어붙고 실핏줄처럼 금간 자리에
은빛 눈물이 되어 다가온다

살아온 날 살아갈 날 당초처럼 맵더라도
안타까운 마음으로 소리소리 질러본다
세월아, 세월아!

제3부
꽃멀미

꽃멀미

봄날의 선암사에는
잔치가 열린다

대문을 들어서면
불두화 활짝 피어나

숭얼숭얼 꽃송이들
낭창낭창 늘어지고

철쭉나무 진분홍 꽃잎
수만 송이 한데 모여

꽃멀미에 눈멀고
꽃멀미에 귀 먹었네

봄날 1

아지랑이 피어오르면
사랑이 찾아오지

덤불속에서 떼지어 올라오는 달래
밭두렁에서 수북하게 널린 돌나물
쑥내음 진동하는 밭두렁

개미골 웅덩이 물은
맑게 가라앉아 낮달을 띄우고
물봉숭아꽃 얼비추고

아지랑이 피어오르면
사운거리는 마음, 사랑이지

봄날 2

잎망울 터져
연둣빛 잎새가 돋고
좁쌀 만한 꽃송이들까지
실눈 뜨고 인사를 나누었지

살포시 남풍 불고
아지랑이 활기 넘치네
환장하게 좋은 오늘
목소리에도 힘이 붙고
땅강아지도 목청 돋우네

버들강아지

봄이라지만
시퍼렇게 찬 개울물가
앞섶 파고드는 봄바람에
버들강아지 눈떴다
경이로움보다도
그 시린 발목이 안쓰러워라
하룻밤 새 더 자란 솜털
어릴 적 고향마당에 지던
산 그림자처럼
아직도 머무는 그리움이
사운거리는 봄날

봄비 내리는 날

둑 언저리에
살포시 내려앉은 손님
수양버들 가지에
연두색을 덧칠한다

이제 살오르기 시작한
쥐똥나무들도
흙먼지 떨구며
명상에 젖는 저녁나절

숨겨놓은 그리움 하나
봄비에 씻길세라
목 터지게 지레 앓는
까치 한 마리

봄을 먹었다

돌미나리를 뜯었다
손으로 한 움큼 잡고 싹뚝 잘라 흔들면
연한 속줄기만 남는다
살랑살랑 흔들어 씻어 소쿠리에 건져놓고
새콤달콤한 양념장을 만들어
조물조물 무치면 돌미나리 겉절이다
수저 위에 척 얹어서 볼이 미어지게
봄을 먹었다

봄봄봄

누구든 들썩이는 날
세상 그 무엇이든 불러내어
소리소리 지르게 하거나
내달리게 하거나
무엇이 그리 급한지 허둥대고
일렁이는 가슴을 풀어제치고
제풀에 지쳐 드러눕는다

도랑물 소리에 물오른 돌미나리
아지랑이 뒤엉기어 참나물 기지개켠다
샛노란 민들레 꽃송이가
나를 번쩍 들어올렸다

원추리꽃

오월이 오면
웃골 범숙이네 논두렁에는
원추리꽃이 무더기로 솟아난다

단번에 밀려오는 슬픔으로
목울음조차 삼킬 수가 없다

송곳모를 꽃을 땅뙈기 한뼘 없이
남의 집 품앗이로 살아온 우리 어머니
이웃 흙먼지가 먼저 고단 했겠다

벚꽃이 쏟아져 내린 산자락에는
깊은 그늘이 또 다른
어린 사시나무를 품고 있다

석류

태양을 밝힌 죄로
붉게 물든 열매

영롱한 진주가 가득
알토란 가득

시고 떫은 줄 모르고
하나 둘 손을 타네

보는 사람마다
안 따고는 못 배길 홍진주

도라지꽃

눈물꽃이 피었네
바람꽃도 피었네
햇살도 부끄러워
고개 들지 못하네

자줏빛 실로 수놓던
임상이 언니
색실 팔러 다니던
방물장수 부전이 엄마

도라지꽃 한 송이
추억깊이 들여놓고
아롱아롱 그리움에
자줏빛 꽃물 고이네

화초 양귀비

붉은 핏방울을 뚝뚝 흘리면서
의연히 서있는 양귀비꽃

저 꽃이 피기까지는
긴 용트림으로 밤을 새우고
온 몸으로 싸안았지
아리고 아린 가슴팍의 각질을
하나하나 떼어내고
꽃 이파리 파르르 떨더니

황홀감으로 휘감아 돌아
꽃불 되어 활활 타오른다

석류꽃

78

마당가 장미넝쿨
눈 아리게 피어나고
풀빛 물감 풀어놓고
종달새는 솟구쳐 올랐다

'석류는 더디다'

눈꺼풀 비로소 뜨다가
성급하신가
꽃 주둥이 방긋
아, 꽃분홍 아가씨

나팔꽃

자두나무 아래 한켠에서
잡초들과 어울려
싹틔운 줄은 까맣게 몰랐다

이리저리 가늘게 뻗은 넝쿨 손
살랑바람 지나간 자리에
함초롬히 핀 가시눈물 같은 꽃

아카시아

해그림자를 등에 업고
시장어귀를 나오다가
어느 중년여인의 손에 들려있는
아카시아꽃 뭉치를 보았다
어느새 초여름이라니

하얀 구름 능선을 이루던 꽃무리들
바삐 들랑거리던 벌떼들
눈부시던 나비들의 운무를
까맣게 모르다니
어디에 혼을 배앗기고서
은은한 꽃향기를 못 맡았을까
정말이지 모를 일이다

헛개비같은 내 몸뚱이
숨죽이고 걸어간다

찔레꽃

청록색 이파리들을 듬뿍 안고
싱싱한 나무들
굴참나무 아래서 만난 샛바람에
땀방울 식히는데 어디에선가
상큼하고 그윽한 향기가
발목을 잡는다

저 아래 덤불속에 함초롬히 핀 찔레꽃
소박한 작은 송이가
짙은 향을 품고 있다

가까이 다가서면 숨어버리는 수줍음
멀리서 비로소 미소를 주는 수줍은 그대
순한 양처럼 순한 아기처럼
눈이 부시다, 찔레꽃!

제4부

나의 살던 고향은

기억의 저편

누렇게 여물어가는
콩 한포기를 뽑았다

콩꼬투리를 벗기니
비릿한 햇곡식의 향내

잊어버리고 지나친 세월이
뒤돌아서 다가온다

평생을 호미질로 김만 매다
돌아가신 친정어머니

봉숭아꽃처럼 곱던 새언니는
어느새 머리에 서리가 앉았다

이분들이 걸어온 길이
어제 일인양 사무치게 그립다

나의 살던 고향은

가난하게 자랐지만
늘 풍성하던 시절
앞산 뒷산에 진달래가 피고
찔레꽃 한 잎 따서 입에 넣었지
앞개울엔 가재가 돌멩이마다 집을 지었고
개울가를 따라가며 뜯었던 봄나물
산엔 취나물 고사리가 지천이었지

평생을 호락질로 살았던 친정어머니는
산 넘어 삼십리 길 외갓집에 가시면
뒷 사립문으로 들어가서
찬밥 한 그릇 얻어 드시곤
부랴부랴 집으로 향하셨다고
외숙모님이 일러주셨지
모녀의 삶이 그리 같은지
나도 친정에 가면 볼일만 보고 뒤돌아섰지

내 생애 봄날을 맞아
나도 한적한 나날을 맞았지
엎드리면 코 닿을 내가 자란 고향땅
우리집 뒤란에 노란 매화꽃 여전히 피고지고

개암열매와 머루 다래가 열리던 그곳
늦가을 절로 떨어진 연시를 주어먹으며 자랐지
꿈속에도 나타나는 개미골 여우골
천천히 나의 눈에 담으리라
가득가득 안으리라

달개비꽃

송곳모를 꽂을 땅 한 평 없으면서
개도 안 물어갈 자존심만 큰 그 양반
언덕너머 따비밭 일구다가
곡괭이 내던지고 주막으로 술푸러 간다
경중걸음도 밉상이라며
눈 흘기던 금란이 어머니

싸리꽃 한창 피어나
꺾어다 쌀밥인 양 먹고 싶다더니
찔레순 꺾어 먹고
논에 떠다니는 올망개 건져 먹고
떫은 돌배로 배 채우던 금란이

몇십년 만에 우연히 만나
서리 앉은 머리를 보며
웃다가 울다가 또 웃었지
노랑 나리꽃 진분홍 복사꽃
자줏빛 달개비가
지천으로 핀 금란아 금란아!

고향언니

동면 광덕리 절골에
흔한 이름의 영자언니
산골 촌부로 모자람이 없다
다랑이 논에 모춤 꽂고
담배농사 십수년에
거북이 등짝같은 손바닥

시부모 모시고
시동생 시누이 내 자식
차별두지 않았다
그렇게 아들 딸 반듯하게 키워낸
영자언니 눈매 반달을 닮았다

"동생 배추 갖다 김장해여"
떡잎 떼고 다듬어서
꾸러미 꾸러미 안겨주고
그도 모자라
쌀가마니 올려 싣는다
"내 마음이여"

삼곡리 형님

양촌양반 손자 혼인잔치에 들렀다가
팽나무 거리에서
마주친 삼곡리 형님

"우리손자 중신 좀 하시게
그애 나이가 서른이라네
우리 막내 손녀딸
서울 좋은 병원 간호사로 나가네
서방님은 깡마르고
부엌에서 자네만 먹었나 보네"

"형님 숨차시지요?"
"아이구 숨차지"

서로 잡은 손을 빼며 일어서려니
파란 하늘에
참새 몇 마리가 날아간다

외숙모님

북면 납안리 옛집에
바위처럼 앉아 계신 분

새댁일 때
어린 남매 끌어안고 혼자되신 분

아흔 고개 넘으시고
낮은 산 큰산을 모두 넘어
냇물에 손을 씻는 분

돋보기안경 없이도
아침으로 신문을 읽으시더니
한걸음 더 무거워지시는 분

황혼

바깥어른 떠나시고는
눈물병이 도진 노시인
전화통화를 하면
반가워 울고 그리워서 울고

더운 인심을
울타리에 걸어놓고 살던 시인께
고향집 마당에 국화가 탐스럽게 피웠노라고
담장너머 이웃의 소식이 왔다며
늦가을 뜨락을 쓸어안고 우신다

"엊저녁 휘영청 밝은 달을 보니
한쪽가슴이 무너지고 허심해서 눈물만나네
물색 없이 길었지 이만 끊지"

소꿉친구

진분홍 진달래가 불타오르면
깨진 사금파리 모아 소꿉놀이 하던
예닐곱 살 섭섭이가 그 속에 있다

성환 배과수원집 수양딸로 간다고
가로세로 깨금발을 뛰던
단발머리 소녀가 거기에 있다

지금 어디에 살고 있는지
내 이름 기억이나 하는지
자고새면 함께 놀던 동무야!

봄소풍

괴산군 도안면 광덕리는
수필가 김복순님의 주소입니다
그이는 순수한 촌부의 모습 그대롭니다.

건강치 못해 바람불면 날아갈 몸부피하며
정이 많아 광에 있는 잡곡이며
푸성귀 한 주먹이라도 쥐어 보내야
직성이 풀리는 사람입니다.

농사를 짓느라 늘 고달픈 그이는
함께 땅파고 씨앗부치며 늙어가는 남편과
소주 한 잔으로 목을 축이는 멋쟁이지요.

지난 늦봄 농사일이 뜸할 때
포도주를 봉송으로 싸들고 방문 했지요
우리 온다고 쑥버무리에 묵을 쑤어놓고
까만 얼굴로 나를 반겼지요.

그이의 글에 등장하는 주인공
태수할머니 동네 부녀회장 오촌 당숙모께
귀한 포도주라며 한 잔씩 돌렸답니다.

그이는 혼자 살지 않고
이웃과 어우러져 사는 사람입니다.

정이엄마

서른 여섯 나이에
남편을 꽃상여 태워 보내고
가슴팍은 멍이 들었지요
잿빛 하늘이 울음을 터트릴 때나
그리움이 핏빛으로 물들 때에는
흐르는 세월이 벗이었지요
어린 사남매 공부 시키느라 허리 휘고
얼굴은 늘 기미가 끼었지요
남편이 남기고 간 땅
잘 간수했으니 참 용해요

청보리 익어갈 즈음
잘 익은 앵두가지는 휘어지고
텃밭에 머위 토란대가 푸른 융단을 깔았지요
경운기를 몰고 언덕배기를 넘어가는 그대는
장한 어머니요, 농부요, 저녁 노을이지요

남씨

이웃 동네 사는
남씨
금년이 회갑이라고
자랑삼아 이야기 한다

속찬 배추속 같던 아내
바람처럼 사라지고
무 뽑듯 아들 삼형제
서둘러 서울로 떠나보내고

아랫돌 빼서 윗돌 괴는 건 몰라도
마음은 평화로운 사람
등 굽은 구십 노모가
맹미역국이나 끓였는지 몰라

골목길 그 사람

눈보라 흩날리고
대한바람 매몰차다.

빈 리어카를 끌고
때 묻고 남루한 행색으로
골목길에 나타난 사람
저 사람에게도
정열이 넘쳤던 시절
호기를 부렸을 젊음이 있었을 터
냉기를 녹여줄 단칸방이라도 있는지
손잡아 온기를 녹여줄
가족이 있는지 궁금하다.

잎 떨군 목련나무가
세찬바람에 몸 맡기고
마른 잎 두엇
온 길 돌아다본다.

방앗간집

떡도 치고 고춧가루도 빻는
참새방앗간집
자그마한 그 집 안주인
허드렛일로 삭신이 쑤신다

늘 술에 취한 바깥양반은
호랑이 담배피던 젊었을 적 얘기로
하루해가 짧고
보다 못한 안주인 한탄을 한다

"아이구 내가 얼른 죽어서
이꼴 저꼴 안 봤으면 좋겠네"
실개천을 따라 흐르던 물방울들도
그 말이 맞다고 맞장구를 친다

대전 양반

사람들은 대전 양반을
욕쟁이라고
극성장이라고 수군수군
외손녀 은희를 부르는 목청
안산 너머까지 쩌렁쩌렁

비위에 안 맞으면
악담에 게거품을 물고
기차 화통 삶아 먹은 욕설을
옴팡 쏟아낸다

두 노인 비둘기처럼
등 기대고 살다가
바깥노인 북망산에 깨 팔러 가셨다.
짝 잃은 외기러기
기력도 빠져 버렸다

등 굽어 땅에 닿는데
강씨네 따비밭에
한 뼘 땅 빌려 농사를 짓고
반 쭉정이 콩다발 묶어 등에 얹고
가쁜 숨 몰아쉰다

은희 할머니

추레한 모습으로
미루나무가지 지팡이에
굽은 허리 지탱하고는

"나 좀 봐,
나 언제 죽을지 그 것 좀 봐줘"

피죽 한 그릇도 못 드신 목소리에
나는 한술 더 떴다

"아이구 할머니
구십은 거뜬히 살겠어요"

"나 갈라네!"

광수엄마

이번 태풍에 피해는 없었는지
궁금해서 전화했어요
형제 같은 형님을 못 잊어요
그래요, 그래요.
콩 반조각 쓴 오이도 나누었지요

풀벌레소리 뒤엉킨 밤
자두나무 아래서 분을 삭이고
올려다 본 하늘에 꽃이 환했어요
미락골에서 숱한 고생했지만
제 자식들 탯줄 자른 곳이지요

사르르 스며드는 젊은 날의 추억
쾌청한 가을빛이 더욱 고운 날에
생각나는 광수엄마

가을마중

물방개 나대듯
허둥대다 맞은 손님

늘 땀에 절었대서 무슨 대수랴
오는 가을이 저기 있는데

주렁주렁 매달인 포도송이가
단물 고여 진한 자줏빛

내 손끝에서 여문
가을하늘도 물빛 또 물빛

가을마중을 나서려니
고추잠자리가 따라 나서네

초가을

성거산 골짜기마다
밤새 내려앉은 안개
아침햇살에 밀려 달아나고

식전 댓바람부터
늑골이 휘도록 울어제끼던 매미가
잠시 숨을 돌리는 시간

가을 하늘을 빼닮은
송남저수지 물빛
위를 차고 나는 고추잠자리가
엷은 물주름을 펼친다

쪽빛 하늘을 어깨에 걸머지고
단걸음에 찾아온 손님

가을일기

가을이 익는 소리
청자빛 하늘을 이고
그 햇살 한자락 펼칠 때
세상은 맑고 아늑하여라

그뿐이랴
소슬바람 떨군 자리엔
지루한 장마의 흔적조차 없어라
쇠심줄같이 질긴 삶도
마음의 상처도 보상하는 저 높은 하늘

석류가 알알이 터졌다
동동걸음치느라 매만져보도 못한
안으로 소리소문없이 영근 열매들
양달바라기에 핀 꽃무리
여울여울 붉었어라

오늘 햇살바른 날
애호박을 한소쿠리 따서 켜 널었다
딸 때도 배부르고 썰을 때도 배부르고
가을이 선물한 작은 일상에
나의 겹허물이 스르르 무너지네

늦가을

된서리가 내릴 양인가
바람이 부지런을 떤다

낙엽을 떨군 나무밑에
자작자작 모여든 얼굴들

방죽에 피어난 갈대들도
제몸끼리 부대끼며 서걱인다

바람은 알지 오래지 않아
회오리치며 떠난다는 걸

農心으로 가꾸는 詩心
— 조묘순의 시편들을 읽고

시인 李 炳 錫

1. 들머리

생각잖게 평설을 쓰게 됐다. 평소 누이처럼 필자를 살뜰히 챙겨준 인연이 있어 이순 기념으로 첫시집을 상재한다는데 미력이나마 도움이 되고 싶었다. 기실 같은 시업의 길을 가는 동행인으로서 함께 고뇌하고 좋은 시 쓰고자 하는 바람이 일치하기에 평자라기보다 독자로서 소견을 피력할까 한다.

출간 계기도 남다르다. 시집 상재를 주저하는 조 시인에게 평생 고락을 함께 해온 부군께서 강력히 권유하여-갑년 기념으로-수줍은 새색시마냥 떠밀리듯 첫시집을 출간하는 것으로 알고 있다. 그런 면에서 이순을 맞은 나이답지 않게 문학소녀다운 모습을 보이고 있어 거절

할 수 없는 이끌림이 있었음을 숨길 수 없다.

파레토의 법칙처럼 인연은 참 기묘하다. 예고없이 만나 어울려 살다보면 끊을 수 없는 소중한 인연으로 발전하는 경우가 많다. 조 시인과 필자와의 만남이 바로 이런 경우이다. 이문회우(以文會友)이다보니 더더욱 그렇다. 글이 좋아 허심탄회하게 속내를 내보이며 함께 고뇌하고 희로애락을 교감하면서 같은 길을 걷는 일만큼 소중한 만남이 또 어디 있겠는가.

2. 중턱

공익방송의 교양프로그램으로 수년간 높은 시청률을 보인 KBS의 '체험 삶의 현장'이라는 프로그램이 있다. 인기 연예인이나 사회 각계 각층의 저명인사들이 출연하여 그야말로 '삶의 현장'에서 몸으로 부대끼며 노동을 체험하는 모습을 실감나게 보여주는 프로그램이다. 조묘순 시인의 시편들을 읽어가면서 필자의 머릿속에서는 내내 '체험 삶의 현장'이 오버랩 되었다. 그만큼 조묘순 시인의 시편들은 적나라하게 몸으로 부대끼며 현실을 극복해 가는 진솔한 땀내가 배어있다.

또 스스로 정체성 확립을 위한 끊임없는 자아추구와 가족과 이웃 나아가 자연과 더불어 살아가고자 하는 끈끈한 인간애가 짙게 배어 있음을 실감할 수 있었다. 한

마디로 흙을 사랑하는 농부(農婦)로서 '송곳모를 꽂'듯 사토박지를 가꿔나가는 억척 농심으로 화려한 수사나 기교 없이 느낌 그대로를 투박하지만 때묻지 않은 언어로 자신의 일상을 노래하는 시편들이라고 요약할 수 있겠다.

> 내 마음 메말라 갈 때
> 한봉지의 씨앗을 꺼낸다.
> 풀더미를 파서 흙을 고르고
> 씨앗을 촘촘히 뿌렸다.
> 희망이라는 싸앗도 함께 심었다.
>
> 어느 날
> 산고의 고통을 이겨낸
> 연한 잎 손내밀 때
> 가슴팍 응어리는 스르르 녹고
> 잦은 발걸음은
> 이파리 숨쉬는 곳을
> 살피고 또 살피고 있다.
>
> — 「씨앗」 전문

　위의 시에서 보듯 왠지 마음이 허전하고 공허할 때 '한봉지의 씨앗을' 꺼내 '희망이라는 씨앗'과 함께 땅에 묻고 새생명을 기다리면 '산고의 고통을 이겨낸/연한 잎'이 손을 내민다. 연한 잎-새생명-은 바로 시인이 바라는 '희망'이라는 '새싹'이다. '오늘'은 해가지면 어제가 되고 오늘 묻은 씨앗은 새싹-내일-이 되어 '희망'을 이어가고 있다. 새로 태어난 희망을 소중히 가꾸기 위해 이

파리-새생명-'숨쉬는 곳을/살피고 또 살피고 있'는 시인
의 모습에서 농업이 인류의 희망을 이어가는 생명산업
임을 실감할 수 있다.
　조묘순 시인은 돈독한 부부애, 가족사랑이 유별나다.
인생의 동반자로서 함께 가정을 꾸려가는 공동 가정경
영인으로서 조 시인의 부부애는 애틋하기까지 하다.

바깥양반 털신에 묻어 있는
지푸라기도 남이 아니니
하늘이 내린 속깊은 정이다.

한갓진 툇마루에 앉아
살며시 잡은 손
딴전을 보더라도
지는 꽃이 더 붉다.

― 「동행」　부분

살다보면
함박꽃처럼
활짝 웃는 날도
소태같이 쓴 눈-물을
뺀 날도 있었지.

입에 발린 말로
천생연분이라지

겉으로 유순해도
속으로 파고드는 소갈머리
바늘구멍만한 속 알지?
때론 서운함이 있어도

당신은 내 반쪽 패랭이꽃
— 「패랭이꽃 당신」 전문

누군가 말했지
아마도 부부의 인연은
전생 원수의 만남이라지
엄한 소리로 상처를 주고
때론 된서리도 맞았지
지지고 볶다보면
무른밥도 된밥 되는 법이지
오랜 세월 살다보면
휘이휘이 가버린 세월
잘 지탱해 왔으니
용하지, 참 용하지!
— 「둘이서 가는 길」 부분

평생 반려자라는 것은 평생 고락을 함께하는 관계이다. 그래서 부부는 둘이 아니요 하나라는 것이며 무촌 관계이다. 위의 인용시에서 보듯 온갖 세파를 함께 견뎌내며 때로는 '엄한 소리로 상처를' 주기도 하고 '바늘구멍만한 속' 때문에 서운할 때도 있지만 '지지고 볶다보면/무른밥도 된밥'되는 진정한 화해와 평화, 화목의 순간을 맞이할 수 있는 것이다. 평범한 것 같지만 결코 평범하지 않은 삶의 지혜를 깨닫게 된다.

선승이 득도를 하면 법열에 드는 것처럼 삶의 참 지혜를 깨닫고 나면 저간의 모든 야속함도 서운함도 봄눈 녹듯 사라지고 '때론 서운함이 있어도/당신은 내 반쪽 패랭이꽃'이라고 고백할 수 있는 것이고 '바깥양반 털신

에 묻어 있는/지푸라기도 남이'아니며 '딴전을 보더라도/
지는 꽃이 더 붉다'고 자신 있게 말할 수 있는 것이다.
이순이 넘어 비록 황혼길에 접어들었을지라도 평생 반
려자이기에 '지는 꽃이 더 붉은'것처럼 부부는 나이 들
수록 각체가 아니라 이형동체임을 깨달아가는 것이다.

어머니를 부르고 나면
가슴속 멍울이 풀어집니다
우리 동네 낮은 산이
어머니의 체취로 서있습니다

평생 동안 호미자루 못 놓으시고
땅만 파던 우리 어머니
개미골 건너말 새밭이
어머니의 손끝을 기다립니다

동 트기 전 소여물 끓이시고
문빗장 여시던 어머니의 손에서
하루의 일상이 시작되고
하늘이 열립니다
—「친정어머니 1」 전문

모래알만큼 많은 인연을 두고
어떻게 나를 찾아왔는지
손바닥만한 액자 안에서
웃을 듯 말 듯
진분홍색보다 더 고운
딸과 눈을 맞췄지
- 중략 -
어느 땐 안쓰럽기도 하고

때론 바라만 보아도
배가 불렀던 나의 분신
강산이 바뀌며 세월이 길러낸 내 딸
해질녘이면 딸만 기다리지
―「딸」 부분

포도주를 거르다가
그 빛깔에 취하고
맛보느라 찍어먹은 술에
두 번 세 번 취해버렸네
눈자위는 불이나고
가슴이 먼저 뜨겁다

내몸 빌어 태어난 내 자식들
치마꼬리잡고 늘어지더니
그 어느새 커버렸는가
둥지틀어 떠난 내 자식들

너희 어린시절이 매양 생각나
가슴저린 어미는 눈물이 난다
하늘빛이 푸르러도
빨간잠자리 날갯짓에도
그저 그냥 눈물이 난다
―「눈물바람」 전문

위 인용시에서 보면 딸 삼대가 있다. 어머니와 딸과 그 중심에 서있는 시인 자신이다. 같은 여성이면서 나를 낳아준 어머니와 내몸을 빌어 세상에 나온 딸, 그리고 그 사이에서 위 아래를 아우르는 시인 자신이 위로의 모정과 아래로의 모정을 끌어안고 있다.

'어머니를 부르고 나면/가슴속 멍울이 풀어'지는 어머니의 깊은 모정에 기대어 속내를 하소하는 자식으로서의 딸의 모습과 '때론 바라만 보아도/배가 불렀던 나의 분신'을 보듬어 안는 어머니로서의 모습, 그리고 '둥지를 어 떠난 내 자식들'을 그리워하며 어려서 잘해주지 못한 아쉬움으로 눈물짓는 시인 자신의 모습이다. '문빗장 여시던 어머니의 손'을 통해 하루가 시작되고 '하늘이 열리'던 과거에의 회상은 '평생을 호미자루 못놓으시고/땅만 파던' 친정어머니에 대한 사모곡인 반면 수많은 인연 속에서 나를 찾아와 내 분신이 되어준 딸을 기다리는 모습과 자식을 키우면서 남부럽지 않게 잘 먹이고 잘 입히지 못한 아쉬움에 '하늘빛이 푸르러도/빨간잠자리 날갯짓에도/그저 그냥 눈물'을 흘리는 모습은 자신의 모든 것을 아낌없이 내어 주고자 하는 지극한 모성애의 원형을 보여주고 있다.

한편, 남달리 정이 많고 여린 모습을 보이고 있는 조 시인은 이웃과 더불어 사는 일에 매우 적극적이고 사람 냄새 물씬 풍기는 행보를 보이고 있다. 시집 4부에 나와 있는 대부분의 시들이 그러한데, 고향에서 보낸 유년시절의 추억속 인물들과의 관계와 어렵사리 살림을 일구며 살아오는 동안 정을 나누며 관계를 맺어온 이웃사촌들의 이야기가 시의 중심소재로 자리잡고 있다.

싸리꽃 한창 피어나
훑어다 쌀밥인양 먹고 싶다더니
찔레순 꺾어 먹고
논에 떠다니는 올망개 건져 먹고
떫은 돌배로 배 채우던 금란이

몇십년 만에 우연히 만나
서리 앉은 머리를 보며
웃다가 울다가 또 웃었지
자줏빛 달개비가
지천으로 핀 금란아 금란아!
─「달개비꽃」 부분

동면 광덕리 절골에
흔한 이름의 영자언니
산골 촌부로 모자람이 없다
다랑이논에 모춤 꽂고
담배농사 십수년에
거북이 등짝같은 손바닥
   - 중략 -
'동생 배추 갖다 김장해여'
떡잎 떼고 다듬어서
꾸러미 꾸러미 안겨주고
그도 모자라
쌀가마니 올려 싣는다
'내 마음이여'
─「고향언니」 부분

이번 태풍에 피해는 없었는지
궁금해서 전화했어요
형제같은 형님을 못잊어요

115

그래요, 그래요.
콩 반조각 쓴 오이도 나누었지요

풀벌레소리 뒤엉킨 밤
자두나무 아래서 분을 삭이고
올려다본 하늘에 꽃이 환했어요
미락골에서 숱한 고생했지만
제 자식들 탯줄 자른 곳이지요

사르르 스며드는 젊은 날의 추억
쾌청한 가을빛 더욱 고운 날에
생각나는 광수엄마
— 「광수엄마」 전문

　6.25 한국전쟁이 끝나고 참담한 폐허 속에서 뭐 하나 변변히 먹을 것도 없던 시절 전후세대의 유년은 참으로 곤궁했다. 마른 봄 보릿고개가 다가오면 더더욱 그랬다. 오죽하면 흰 싸리꽃이 쌀밥으로 보이고 '찔레순 꺾어 먹고/논에 떠다니는 올망개를 건져' 먹었겠는가. '떫은 돌배로 배 채우던' 궁핍했던 시절의 고향친구는 남같지 않다. 몇 십년의 세월이 흐르고 길에서 우연히 만난 친구의 흰머리를 보면서 '웃다가 울다가 또 웃'는 시인의 속은 또 오죽했겠는가. 너나없이 어려웠던 시절의 동병상련이 '달개비꽃'에 잘 드러나 있다.
　'고향언니'는 어려웠던 유년시절을 함께 보낸 고향언니와 지속적으로 교우하면서 살갑게 서로 챙겨주고 보듬어주며 푸진 정으로 일상을 살아가는 따뜻한 우정을

형상화한 작품이다. '흔한 이름의 영자 언니/산골 촌부
로 모자람이 없다'거나 '떡잎 떼고 다듬어서/꾸러미 꾸
러미 안겨주고' 그것도 모자라 쌀가마니까지 실어주고
'내 마음이여'하는 넉넉한 품성은 압권이다. 세상 살맛
나는 인심이 진하게 우러나는 작품이다.

　'광수엄마'는 팍팍한 세상살이에서 만난 따뜻한 이웃
사촌의 이야기이다. 이웃간에 형제처럼 지내면서 '콩 반
조각 쓴 오이도 나누'고 태풍에 피해는 없었는지 '궁금
해서 전화했어요'라고 마음으로 우러나서 안부를 묻는
신실한 이웃애가 짙게 배어있다.

어쩌면 평생 그리움만 안고
손놓을지도 모른다
엉킨 실타래가 풀리지 않아
두려워질 때
살포시 문 두드리는 소리
적요를 깨는 실바람에도
신열이 돋고
하늘에 번지는 양털구름에도
일렁이는 파문들

오늘 신문에서
어느 시인의 시를 읽었다
내 시는 시도 아니었다
시를 썼다가 지우고
또 쓰고 지워버린다

내가 연연하는 그 무엇들

붉게 핀 해당화 꽃잎 같고
무너지는 가슴 한쪽
모두를 제자리에 놔둔 채
새김질만 하고 있다
— 「짝사랑」 전문

내 가슴 속
단단히 박혀있는
차돌멩이 하나로 인해
쓰리고 아리다

어쩌다 가뭄 속 단비처럼
시 한구절 찾아오면
뒤란에서 서성였다

다시 또 엉키는 실타래
풀어내려 애쓰다가
제풀에 지쳐 신음하다가
허공에 헛손질하는 마음

차라리 바람이거나 먼지이거나
여북하면, 여북하면
— 「갈증」 전문

　　조 시인의 짝사랑은 시에의 짝사랑이다. 갈증 역시 시에의 목마름이다. 조 시인이 씨를 쓰는 것은 자아찾기의 다름 아니다. 스스로의 정체성을 확인하고 좀더 값지게 가꿔 나가고픈 욕망이 시를 쓰게 하고 있고 그러다 보니 마음에 드는 시가 안 나오면 조바심이 나는 것이다. 이로 인한 갈증은 내내 조 시인을 괴롭히고 있다. '어쩌면 평생을 그리움만 안고/손놓을지도 모른다'는 절망적인 생각에까지 빠지게 하고 있다. 신문에서 어느 시인의 좋은 시를 읽고 '내 시는 시도 아니었다'라고까지 스스로를 폄하하고 있다. 시를 썼다가 지우고 또 썼다가 지우기를 반복하면서 '모두를 제자리에 놔둔 채/새김질만 하고 있'는 패닉상태에까지 이른다. 그러나, 천만다행인 것은 조 시인의 시에의 열망은 '내 가슴속/단단히 박혀있는/차돌멩이 하나'이기에 쉽게 좌절할 수가 없다. 결코 포기할 수 없는 숙명적 길임을 스스로 깨닫게 된다.

춥다고 몸 사린 적 없고
덥다고 투정부린 적 없다
농사일 발등에 떨어지면 서둘러 들로 나가
논두렁 밭두렁에서 별보기 했다

굳은살이 촘촘히 박혀도
고추밭 이랑에 엎드려
쇠비름 방동사니 쇠뜨기 뽑았다
지나가는 솔바람 한점에도 족한 마음
누구에게도 내세운 적 없는 나

ー「자화상」 전문

앞서 조 시인이 시를 쓰는 이유는 '자아찾기'라고 했다. 춥거나 덥거나 날씨에 상관없이 들로 나가 '굳은살이 촘촘히 박혀도/고추밭 이랑에 엎드려' 고된 농삿일을 묵묵히 하면서도 '누구에게도 내세운 적 없는 나'로 살

아왔다. 역설적이지만 그렇게 스스로를 낮추고 드러나
지 않으면서 살아온 삶이 시를 쓰게 했다고 본다. 시를
통해 자아찾기를 하는 것이다. 그러니 詩作이 간절할
수 밖에 없다. 시라는 매개체를 통해 묻어 두었던 속내
를 밝히고 하고싶은 말을 하고 자신의 본연의 모습을
드러내고 싶은 것이다. 쉽게 가시지 않는 가슴앓이와
채울 수 없는 갈증으로 목말라하는 조묘순 시인의 시에
의 열망은 아직은 성에 차지 않겠지만 머잖아 떡두꺼비
같은 시 한편 건져 올릴 것을 바라마지 않는다.

3. 나들이

부족한 식견으로 일흔 여섯 편의 시를 살펴보았다.
뛰어난 기교나 수사, 번뜩이는 재치는 찾아보기 힘들었
지만 먹은 맘 변치 않는 우직함이 오히려 조묘순 시의
장점이 아닐까 생각된다. 은유도 메타포도 생략하고 있
는 그대로 속내를 밝히는 순수서정이 편편 시심에 응축
되어 있어 읽는 이의 마음을 훈훈하게 했다. 더욱이 국
적불명 출처불명의 언어가 난무하는 언어혼돈의 시대에
조묘순의 흙내 물씬 풍기는 시어들은 갈수록 각박해져
가는 언어환경에 신선한 청량제가 되어 줄 것으로 믿는
다. 사람냄새 그리운 세상에서 사람냄새 물씬 풍기며
農心으로 詩心을 가꿔가는 조묘순 시인의 앞으로의 행

보가 기대된다. 고단한 삶 팍팍한 일상 속에서 건져 올린 곡식 낟알 같은 시편들은 각박한 세상살이에서 '무른밥도 된밥' 되는 지혜를 가져다 줄 것으로 믿는다. 지난한 세월을 맨몸으로 부대끼며 극복해온 자존과 삶의 지혜를 앞으로의 詩作에 십분 활용했으면 하는 바람이다. 논밭에 진땀 쏟듯 시밭에도 땀방울을 아끼지 말기를 주문해 본다.

숨겨놓은 그리움 하나
조묘순 시집

발 행 일 | 2011년 10월 1일

지 은 이 | 조묘순
발 행 인 | 李憲錫
발 행 처 | 오늘의문학사
출판등록 | 제55호(1993년 6월 23일)

주   소 | 대전광역시 동구 삼성1동 125-6 한밭오피스텔 401호
전화번호 | (042)624-2980
팩   스 | (042)628-2983
홈페이지 | http://www.lito77.co.kr(홈페이지)
전자우편 | hs2980@hanmail.net

ISBN 978-89-5669-456-6
값 7,000원